熊寶寶趣味
階梯閱讀

5至6歲

現在幾點了？

U0105896

新雅文化事業有限公司
www.sunya.com.hk

熊寶寶趣味階梯閱讀（5 至 6 歲）
現在幾點了？

作　　者：譚麗霞
繪　　圖：野人
責任編輯：黃花窗
美術設計：陳雅琳
出　　版：新雅文化事業有限公司
　　　　　香港英皇道 499 號北角工業大廈 18 樓
　　　　　電話：（852）2138 7998
　　　　　傳真：（852）2597 4003
　　　　　網址：http://www.sunya.com.hk
　　　　　電郵：marketing@sunya.com.hk
發　　行：香港聯合書刊物流有限公司
　　　　　香港新界大埔汀麗路 36 號中華商務印刷大廈 3 字樓
　　　　　電話：（852）2150 2100
　　　　　傳真：（852）2407 3062
　　　　　電郵：info@suplogistics.com.hk
印　　刷：中華商務彩色印刷有限公司
　　　　　香港新界大埔汀麗路 36 號
版　　次：二〇一七年七月初版

ISBN: 978-962-08-6836-8

導讀

　　《熊寶寶趣味階梯閱讀》系列的設計是用簡短生動的故事，幫助孩子識字及擴充詞彙量，並從中學習簡單的語法及日常生活常識。這輯的故事是專為五至六歲的孩子而編寫的，這個階段的孩子已經可以獨立閱讀圖文並茂的圖書，但仍建議父母多跟孩子共讀與討論。除了從閱讀中學好語言之外，更可以由故事的內容對孩子作一些行為與品德方面的引導。

語言學習重點

　　父母與孩子共讀《現在幾點了？》時，可以引導孩子多學多講，例如：

❶ **學習有關時間的詞語**：點、點半、一分鐘、六十秒、半個小時、三十分鐘、一個小時、六十分鐘。

❷ **學習各種活動的詞語**：請孩子說說他空閒時會進行的各種活動，並學會有關的字詞。

親子閱讀話題

　　家長可以從這個故事開始，教導孩子學會珍惜時間及有效地管理時間。家長可以問問孩子：「你記不記得你四歲的時候的事情？你能夠回到四歲的那一年嗎？」「如果你今天浪費了時間，沒有學習新的知識。即使你有世界上所有的財富，你能不能夠用它去換回失去的時間？」

　　另外也可以跟孩子一起設計一張簡單的周末及周日的時間表，寫上每天的各項學習與活動，並畫上一些卡通人物作裝飾。然後請孩子每天查看一下，自己有沒有跟着這個時間表去做。如果他大致上能按照時間表有條有理地學習與休息，那就用多一些的玩樂時間去獎勵他吧！畢竟一個太緊密的時間表，對孩子的健康成長並無益處。

譚麗霞

xióng bǎo bao wèn
熊寶寶問：「xiàn zài jǐ diǎn le現在幾點了？
bà ba jǐ diǎn huí jiā
爸爸幾點回家？」

4

熊媽媽說：「現在
三點了！爸爸五點半會
回家。我們一起看故事
書好嗎？」

5

他們一起看故事書。看着看着，熊寶寶問：「現在幾點了？」

xióng mā ma shuō　　　xiàn zài sì
熊媽媽說：「現在四

diǎn le　　　wǒ men kàn shū kàn le yí gè
點了！我們看書看了一個

xiǎo shí　　　yě jiù shì liù shí fēn zhōng
小時，也就是六十分鐘。

wǒ men yì qǐ huà huà hǎo ma
我們一起畫畫好嗎？」

tā men yì qǐ huà huà   huà zhe huà zhe
他們一起畫畫。畫着畫着，

xióng bǎo bao wèn   xiàn zài jǐ diǎn le
熊寶寶問：「現在幾點了？」

xióng mā ma shuō　　　xiàn
熊媽媽說：「現
zài wǔ diǎn le
在五點了！」

9

熊寶寶說：「我們畫了一個小時，也就是六十分鐘。媽媽，半個小時有多少分鐘？」

1 小時 = 60 分鐘

半小時 = ? 分鐘

熊媽媽說：「半個小時有三十分鐘。」

xióng bǎo bao shuō
熊寶寶說：「我去外面踢球

wǒ qù wài miàn tī qiú

hǎo ma
好嗎？」

tā tī zhe tī zhe
他踢着踢着，
bà ba huí lai le
爸爸回來了！

xióng bǎo bao kāi xīn de dà jiào

熊寶寶開心地大叫：「現在是五點半

le　　bà ba huí jiā le

了！爸爸回家了！」

xióng bà ba shuō　　　　xiàn zài shì wǔ diǎn èr shí jiǔ fēn

熊爸爸說：「現在是五點二十九分，

hái chà yì fēn zhōng cái dào wǔ diǎn bàn　　yì fēn zhōng yǒu liù shí

還差一分鐘才到五點半。一分鐘有六十

miǎo

秒。」

14

熊寶寶説：「爸爸，我們一起踢球吧！」

他們踢着踢着，熊媽媽説：「現在六點了！我們吃晚飯了！」

熊寶寶説：「不行！不行！我要再踢一分鐘，也就是六十秒！」

What Time Is It?

P.4 "What time is it?" asks Bobo Bear. "What time will daddy be home?"

P.5 "It's three o'clock now," Mama Bear replies. "Daddy will be home at five-thirty. Why don't we read a storybook together?"

P.6 They read a storybook together. After reading for a while, Bobo Bear asks: "What time is it now?"

P.7 "It's four o'clock now," Mama Bear replies. "We've been reading for an hour, which is also sixty minutes. Shall we do some drawing together?"

P.8 They draw pictures together. After drawing for a while, Bobo Bear asks: "What time is it now?"

P.9 "It's now five o'clock," says Mama Bear.

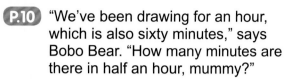

"We've been drawing for an hour, which is also sixty minutes," says Bobo Bear. "How many minutes are there in half an hour, mummy?"

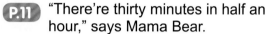

"There're thirty minutes in half an hour," says Mama Bear.

P.12 "Shall I go outside to play ball?" asks Bobo Bear.

P.13 After playing for a while, Bobo Bear sees that Papa Bear has come home!

P.14 "It's five-thirty now!" shouts Bobo Bear cheerfully. "Daddy is home!" "It's now five-twenty-nine – there's a minute left until five-thirty. One minute has sixty seconds." says Papa Bear.

P.15 "Daddy," says Bobo Bear. "Let's play ball together!"
After playing for a while, Mama Bear says: "It's six o'clock now. Come have dinner!"
"No, no," says Bobo Bear. "I want to play for another minute more. That's only sixty seconds!"

★ 語文活動 ★

親子共讀

1 講述故事前，爸媽先把故事看一遍。

2 講述故事時，引導孩子透過插圖、自己的相關生活經驗、故事中的重複句式等，來猜測生字的意思和讀音。

3 爸媽可於親子共讀時，運用以下的問題，幫助孩子理解故事，加深他們對新字詞的認識；並透過故事當中的意義，給予他們心靈的養料。

建議問題：

封　面：從書名《現在幾點了？》，猜一猜熊寶寶為什麼要知道時間。

P. 4-5：圖畫中的時鐘顯示的時間是什麼？熊爸爸何時回家？

P. 6-7：從下午 3 點正至 4 點正，熊寶寶跟熊媽媽在做什麼呢？

P. 8-9：從下午 4 點正至 5 點正，熊寶寶跟熊媽媽在做什麼呢？

P. 10-11：三十分鐘是多久呢？

P. 12-13：猜一猜熊寶寶約何時開始踢球。猜一猜熊爸爸約何時回家。

P. 14-15：圖畫中的時鐘顯示的時間是幾點？為什麼熊寶寶還要踢球？

其　他：你會看時鐘嗎？現在幾點了？

你平日早上何時起牀？晚上何時睡覺呢？你最喜歡一天當中的哪段時間呢？

4 與孩子共讀數次後，請孩子以手指點讀的方式，一字一音把故事讀出來。如孩子不會讀某些字詞，爸媽可給予提示，協助孩子完整地把故事讀一次。

5 待孩子有信心時，可請他自行把故事讀一次。

6 如孩子已非常熟悉故事，可把故事的角色或情節換成孩子喜愛的，並把相關的字詞寫出來，讓他們從這種改篇故事中獲得更多的閱讀樂趣，以及認識更多新字詞。

識字活動

請撕下字卡，配合以下的識字活動，讓孩子掌握生字的字形、字音和字義。

指物認名：選取適當的字卡，將字卡配對故事中的圖畫或生活中的實物，讓孩子有效地把物件及其名稱聯繫起來。

⭐ 字卡例子：三點、五點半、一個小時

動感識字：選取適當的字卡，為字卡設計配合的動作，與孩子從身體動作中，感知文字內涵的不同意義，例如：情感、動作。

⭐ 字卡例子：踢球、大叫、開心地

字源識字：選取適當的字卡，觀察文字中的圖像元素，推測生字的意思。

⭐ 字卡例子：一分鐘、三點，用圓點標示的字同屬「一」部；踢球的「踢」字，屬「足」部

句式練習

準備一些實物或道具，與孩子以模擬遊戲的方式，練習以下的句式。

句式：角色一：現在幾點了？
　　　　角色二：現在 ＿＿＿＿ 了！

例子：角色一：現在幾點了？
　　　　角色二：現在早上七點了！要起牀上學了！

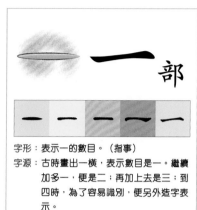

字形：表示一的數目。（指事）
字源：古時畫出一橫，表示數目是一。繼續加多一，便是二；再加上去是三；到四時，為了容易識別，便另外造字表示。

字源識字：一部

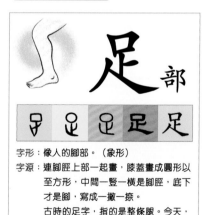

字形：像人的腳部。（象形）
字源：連腳脛上部一起畫，膝蓋畫成圓形以至方形，中間一豎一橫是腳脛，底下才是腳，寫成一撇一捺。
　　　古時的足字，指的是整條腿。今天，「腿」字代替古時「足」字的原意，而「足」字就指腳了。

字源識字：足部

識字遊戲

　　待孩子熟習本書的生字後，可使用字卡，配合以下適當的識字遊戲，讓孩子從遊戲中溫故知新。

設計時間表：預備一張大圖畫紙、筆、白卡和有關活動的字卡（看故事書、畫畫、踢球、吃晚飯）。首先與孩子想一想平日會做的活動，並把這些活動寫在白卡上，然後在大圖畫紙畫上空白的時間表，並寫上時間。完成後，家長把活動字卡放在適當的位置，讓孩子學習安排時間及認識更多有關日常活動的詞語。

小貼士 爸媽可先在空白的時間表上，設定基本的作息時間。

找錯處：在透明膠片上臨摹字卡上的字，但刻意寫錯部分筆畫，例如：把「踢球」寫成「踢球」、「不行」寫成「不行」，然後請孩子比對字卡和透明膠片上的字，並指出寫錯的地方，訓練孩子辨認漢字的正確寫法。

小貼士 遊戲初期，可提供字卡予孩子對比；到後期可不提供，讓孩子從記憶中搜索他記得的字形。

新版「狐狸先生幾多點」：把有關時間的字卡放在神秘袋內，請爸爸當狐狸先生，孩子和媽媽當參加者，狐狸先生和參加者面對面站着，相隔一段距離。遊戲開始時，狐狸先生從神秘袋抽出一張字卡，參加者比賽說出字卡上的文字，較遲說出的便要向狐狸先生的方向走一步，重複遊戲；當狐狸先生抽出「幾點」字卡時，參加者便要逃跑，以免被狐狸先生捉拿。

小貼士 可預備白卡，寫上額外的時間字卡。

幾 點

現在幾點了？

三 點

現在幾點了？

四 點

現在幾點了？

五 點

現在幾點了？

五 點 半

現在幾點了？

二 十 九 分

現在幾點了？

一 個 小 時

現在幾點了？

六 十 分 鐘

現在幾點了？

半 個 小 時

現在幾點了？

三 十 分 鐘

現在幾點了？

一 分 鐘

現在幾點了？

六 十 秒

現在幾點了？

開心地

　　現在幾點了？

大叫

　　現在幾點了？

回家

　　現在幾點了？

看故事書

　　現在幾點了？

畫畫

　　現在幾點了？

踢球

　　現在幾點了？

回來

　　現在幾點了？

吃晚飯

　　現在幾點了？

好嗎

　　現在幾點了？

也就是

　　現在幾點了？

外面

　　現在幾點了？

不行

　　現在幾點了？